D0834995

Publié pour la première fois par Egmont sous le titre : *Mr. Happy and the Wizard*.

M. HEUREUX
et le magicien

Collection

MONSIEUR MADAME PAILLETTES

M. HEUREUX
et le magicien

Roger Hargreaves

hachette
JEUNESSE

Monsieur Heureux va à la bibliothèque tous les samedis matin.

Il y est allé samedi dernier.

Et il y est retourné aujourd'hui, car c'est à nouveau
samedi !

Ce jour-là, en cherchant sur les étagères,
il repéra un gros livre rouge tout racorni.

Il l'attrapa aussitôt et lut le titre : *Livre de Magie*.

Il s'apprêtait à le remettre à sa place quand il entendit
une voix gémir : « Vous n'y pensez pas !
Cela fait une semaine que je suis coincé là ! »

Monsieur Heureux fut si surpris qu'il laissa tomber
le livre.

« Ouille ! » dit le livre. Car c'était bien lui qui avait parlé.

Sur la couverture, monsieur Heureux distingua des yeux, un nez, une bouche : rien ne manquait !

Il était tellement étonné qu'il en perdit sa langue.

« Vous comprenez, se plaignit le livre. J'ai attrapé d'horribles crampes à rester coincé sur cette étagère. Enfin... Comment vous appelez-vous ? »

« Monsieur Heureux », répondit monsieur Heureux, qui venait enfin de retrouver l'usage de la parole.

« Bonjour, je suis un livre de magie ! dit le livre.
J'appartiens à un magicien tête en l'air qui m'a sottement
oublié ici. Regardez ! Il a même oublié son chapeau !
Pendant que je dormais, quelqu'un m'a rangé sur
cette étagère. Pouvez-vous m'aider à rentrer chez moi ? »

Monsieur Heureux accepta. Coiffé du chapeau
du magicien et le livre sous le bras, il se mit en route.

Monsieur Heureux ressemble à un vrai magicien,
tu ne trouves pas ?

Sur le chemin, ils rencontrèrent monsieur Étourdi, qui semblait très perplexe, près d'une cabine téléphonique.

« Connaissez-vous une formule magique pour rendre la mémoire à monsieur Étourdi ? » demanda monsieur Heureux au livre de magie.

« Bien sûr », dit le livre en s'ouvrant à une page précise.

Monsieur Heureux lut la formule et observa son ami.

« Je me souviens ! s'écria monsieur Étourdi. Je dois appeler monsieur Bavard… et j'ai oublié de fermer ma maison… oh non, j'ai laissé le robinet de la baignoire ouvert… et je n'ai pas posté cette lettre… et le lait, j'ai oublié d'en acheter… et je dois arroser mes plantes… »

Monsieur Étourdi se mit à courir désespérément dans tous les sens. Il était très inquiet pour toutes les choses qu'il avait oublié de faire.

« Finalement, connaissez-vous une formule qui fasse tout oublier ? » demanda monsieur Heureux au livre de magie.

Le livre s'ouvrit à une page différente, monsieur Heureux prononça la formule et monsieur Étourdi eut tout de suite l'air beaucoup plus heureux.

Monsieur Heureux reprit sa route avec le livre de magie.

Ils entendirent alors quelqu'un parler tout seul,
près d'un passage piéton.

« Si je traverse maintenant, je risque de me faire écraser,
mais si je ne traverse pas, je ne pourrai jamais arriver
de l'autre côté ! Que faire… »

As-tu deviné qui parlait ainsi ? Monsieur Inquiet, bien sûr !

« Vous voulez la formule pour rassurer les gens ? »
devina le livre. Et il s'ouvrit à une nouvelle page.

« Je ne suis plus inquiet ! s'écria monsieur Inquiet.
Plus de soucis ! Je vais juste fermer les yeux
et commencer à… »

BOUM ! Il fonça en plein dans monsieur Malchance
qui passait par là à vélo.

« C'était peut-être mieux avant, finalement »,
dit monsieur Heureux. Quelques pages du livre
se tournèrent et apparut une nouvelle formule grâce
à laquelle monsieur Inquiet redevint inquiet.

Comme elle était loin, cette maison de magicien !

Au milieu de l'après-midi, monsieur Heureux aperçut monsieur Petit, qui semblait bien fatigué.

« Ce serait plus facile s'il avait des jambes plus longues, non ? »

« C'est comme si c'était fait ! » répondit le livre de magie.

Les jambes de monsieur Petit se mirent à grandir, grandir...

… tant et si bien que monsieur Petit continua son chemin à pas de géant. Mais bientôt, il rencontra un arbre et se cogna durement la tête. Et il fit de même avec un deuxième arbre, un troisième…

BAM ! OUILLE !
BAM ! OUILLE !
BAM ! OUILLE !

Monsieur Petit faisait des grimaces de douleur.

« Retour aux jambes plus courtes ? » demanda le livre.

Monsieur Heureux acquiesça.

À la tombée de la nuit, ils arrivèrent à l'orée d'un bois.

« Nous y sommes presque ! » annonça joyeusement
le livre.

Ils se retrouvèrent bientôt dans une clairière au milieu
de laquelle se trouvait une petite maison.

Le magicien ouvrit la porte.

« Mon livre de magie et mon chapeau !
Cela fait des jours que je les cherche partout !
Je pensais ne jamais les retrouver. Merci mille fois ! »
s'écria-t-il, fou de joie.

Et il invita monsieur Heureux à dîner.

Ce fut un vrai dîner de magicien.

Ils mangèrent une Tarte aux Mille Délices.

La tarte se transformait au fur et à mesure du repas,
de sorte que chaque bouchée avait un goût différent !

Après le dîner, le magicien prononça la formule
« lave-vaisselle » et se tourna vers monsieur Heureux.

« Il y a forcément quelque chose qui vous ferait plaisir.
Dites-moi ! Tout ce que vous voudrez ! »

« Non merci, pas de magie pour moi ! Je préfère rester comme je suis : heu-reux ! » répondit monsieur Heureux en riant.

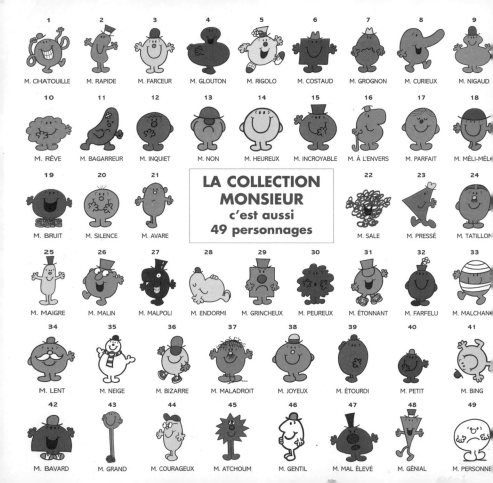

Dépôt légal : décembre 2010
ISBN : 978-2-01-224880-9 - Édition 14
Loi n° 49-956 sur les publications destinées à la jeunesse.
Imprimé et relié en France par I.M.E. à Baume-les-Dames